據中國國家圖書館藏明容與堂刻本影印原書版框高二十三·一釐米寬十四釐米

李卓吾先生批評紅拂記　一

紅拂序

此記關目好曲好白好事好樂昌破鏡重合紅拂智眼無雙虬髯棄家入海越並遣義姬皆可師可法可敬可羨孰謂傳奇不可以興不可以觀不可以羣不可以怨乎飲食宴樂之間起義動槩多矣今之樂猶古之樂幸無差別視之其可

溫陵卓吾李贄撰

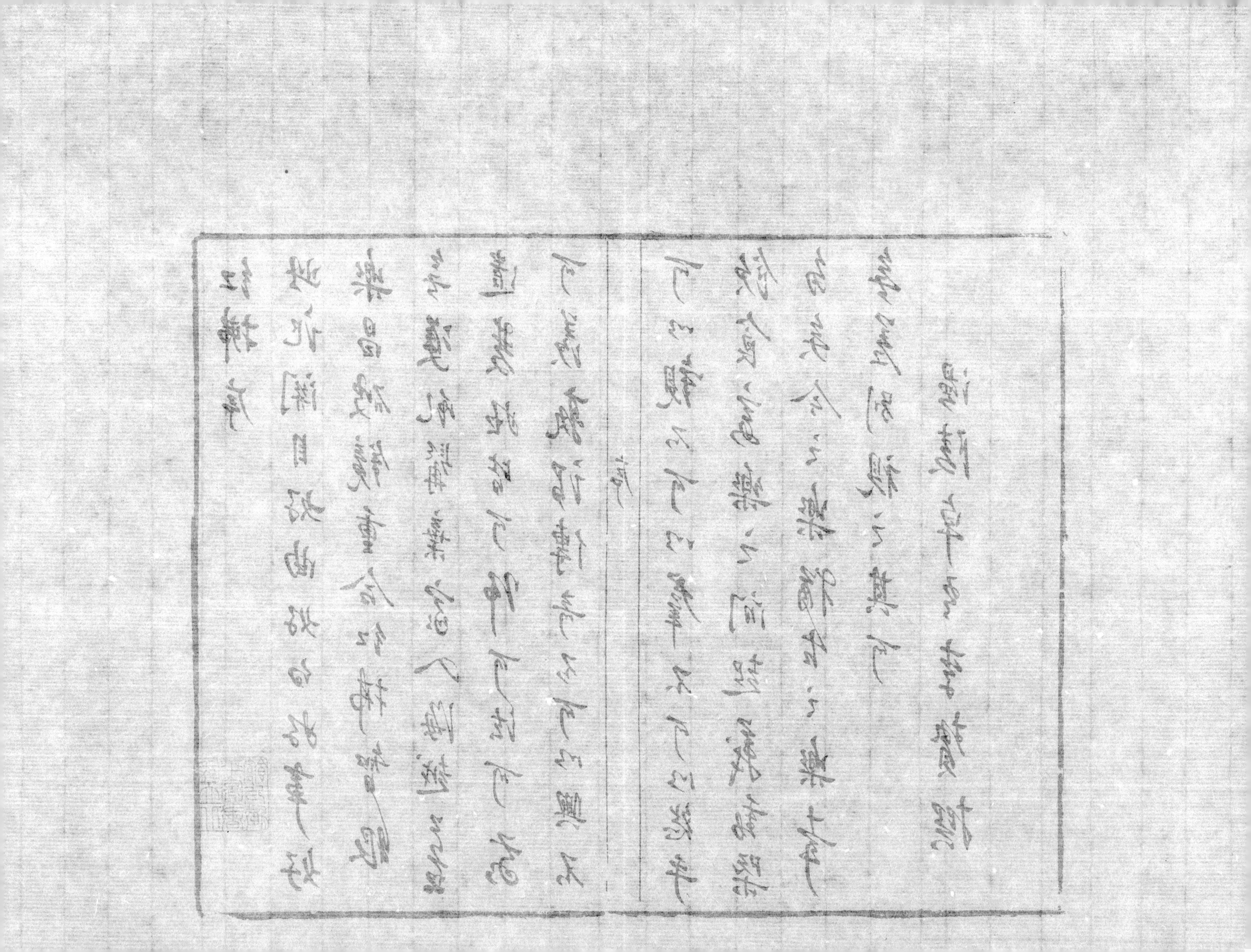

[illegible]
[illegible]
[illegible]
[illegible]
[illegible]
[illegible]
[illegible]
[illegible]
[illegible]
[illegible]
[illegible]
[illegible]

李卓吾先生批評紅拂記卷上目錄

第一齣　傳奇大意　　第二齣　仗策渡江
第三齣　秋閨談俠　　第四齣　天開良佐
第五齣　越府宵遊　　第六齣　英豪羇旅
第七齣　張娘心許　　第八齣　李郎神馳
第九齣　太原王氣　　第十齣　俠女私奔
第十一齣　隱賢依附　　第十二齣　同調相憐
第十三齣　期訪眞人　　第十四齣　樂昌懷伴
第十五齣　棋决雌雄　　第十六齣　俊傑知時
第十七齣　物色陳姻

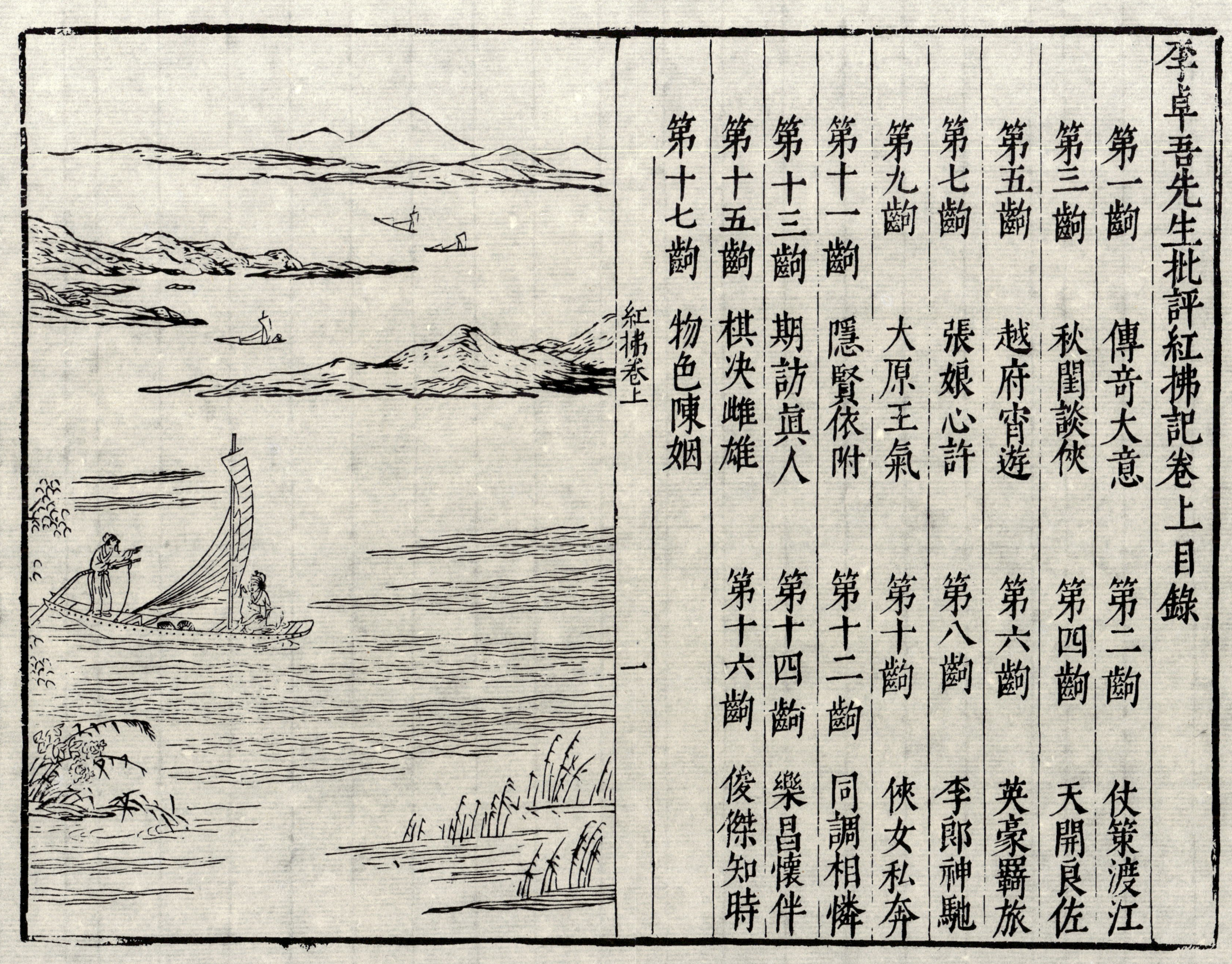

片帆江上挂秋風

梧桐葉落
雨初收

一段相思半
面羞

殘陽古廟無
煙火

青天碧海開
秋爽

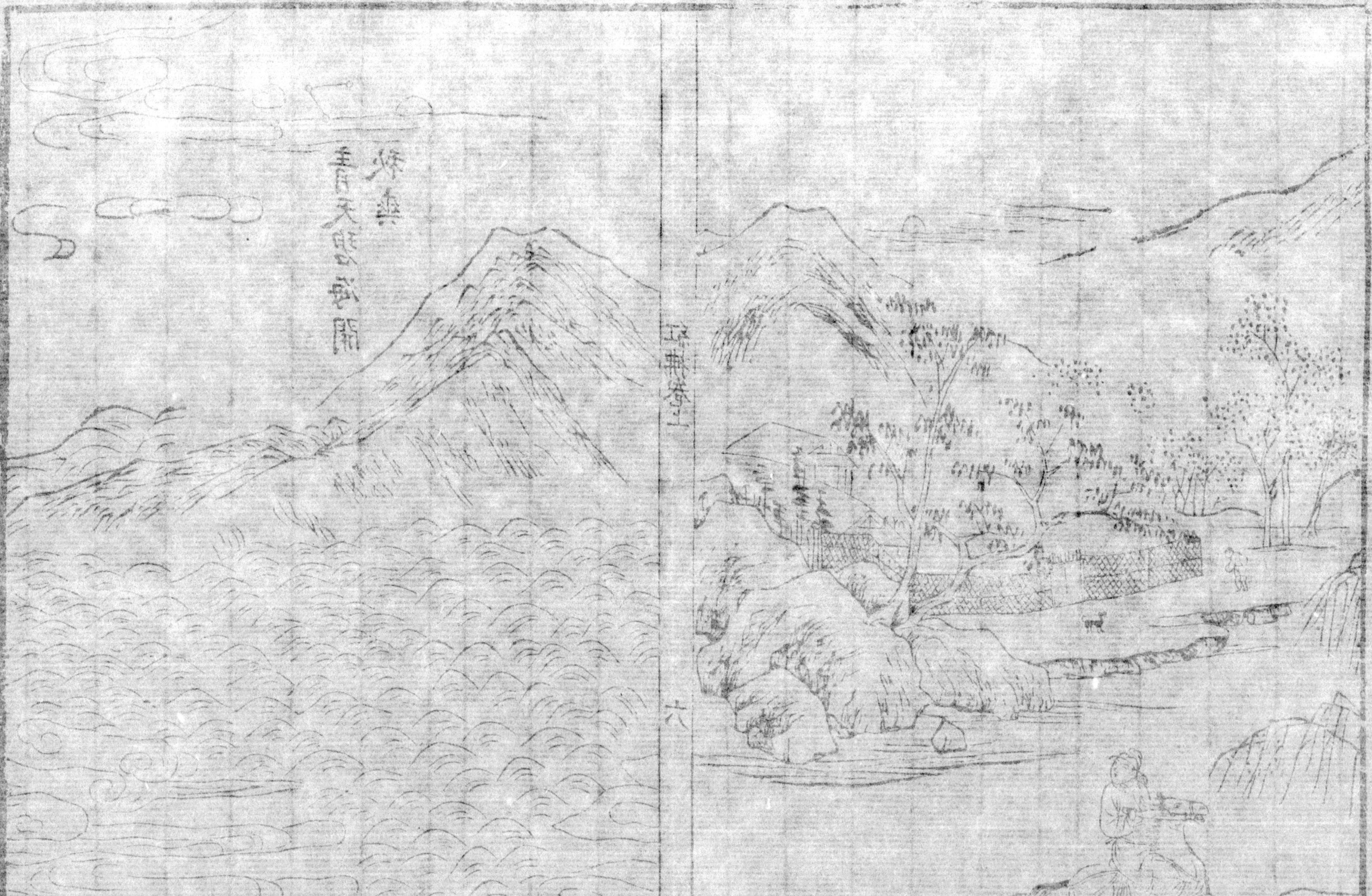

疋馬長途愁日暮

漁郎悞入仙源去

汾陽橋伴
朝烱冷

倣倪高士筆意
寂〻雲林閑遠村

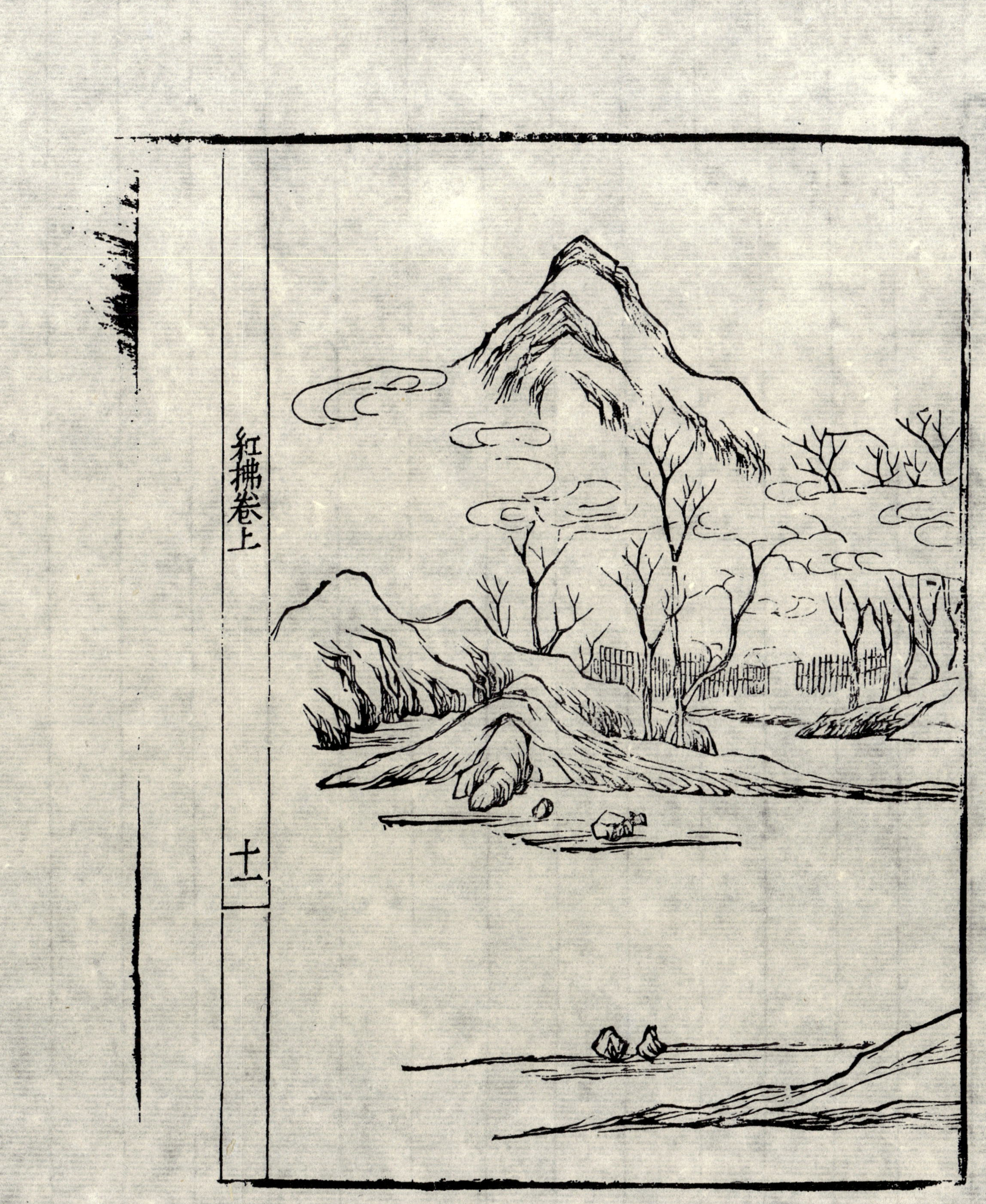

李卓吾先生批評紅拂記卷之上

虎林容與堂梓

妓字不可以目紅拂

第一齣

【青玉案】（末上開場云）人生南北如岐路世事悠悠等風絮造化小兒無定據翻來覆去倒橫直豎眼見都如許○時來有志須遭遇却笑風流賦枯樹坎止流行應有數良辰美景賞心樂事一曲飛觴羽

試問後房子弟今日搬演誰家故事那本傳奇（內應云）今日試演一本李衛公紅拂記（末云）原來這本傳奇聽我道家門便見大義

【鳳凰臺上憶吹簫】李靖人豪張姬女俠相逢似水如魚喜私奔出境靈右停車偶與虬髯相遇談笑處意愜情舒覘真主扶王定覇各自躊躇○須臾西京兵起把佳人驚走野外馳驅遇樂昌夫婦合鏡安居付紅拂徐郎上道到海上坐展雄圖功成日同歸完聚列土分符

打得上情郎紅拂妓　撇得下愛寵楊司空

讓別人江山虬髯客　成自己事業李衛公

第二齣

【瑞鶴仙】（生扮李靖上唱）少小推英勇論雄材大畧韓彭伯仲干戈正洶湧奈將星未耀妖氛猶重幾回看劍掃秋雲

當權者偏會娼嫉

肉眼偏笑英雄然肉眼自笑英雄自哭各成其是也

漁翁不俗

半生如夢且渡江西去朱門寄跡待時而動

【鷓鴣天】投筆由來羨虎頭須教談笑覓封侯囊中黃石包玄妙腰下青萍射斗牛 調羹鼎濟川舟雲龍風虎豈難投功名未到英雄手且與時人笑敝裘 李靖字藥師京兆三原人也姿貌魁秀氣槩雄奇與聞韜畧忝韓柱國宅相之親受業河汾叨文中子宮墻之末正是世本將家元有種才堪王佐更無雙連年獻策皇都苦爲當權娼嫉擯弃不錄淪落江左十有餘載近來聞得越公楊素留守西京招納豪傑欲待仗策徃見以圖尺寸只得渡江取路前去 白好

【錦纏道】本待學鶴凌霄鵬摶遠空歎息未遭逢到如今教人淚（要哭）灑西風我有屠龍劍釣鰲鈎射鵰寶弓又何須弄毛錐角（英）技氷蟲猛可里（雄）氣沖沖這鞭梢兒肯隨人調弄待功名鑄鼎鐘方顯得奇才大用任區區肉眼笑英雄 迤邐行來又到這大江邊也怎得箇船兒渡過去呀好了遠遠有箇漁船來了（末扮漁人上）家臨九江水來徃九江側同是長干人何事不相識（生云）漁翁渡我過江去我多與你錢（末云）漢子你差了我在此釣魚尚且意不在魚就渡你一渡何須論錢上來上來仔細（恨他太象）

【普天樂】（生）謝漁翁相欽重暫許我仙舟共汀蘆畔汀蘆畔

惟英雄識英雄流輩與犬羊一般如何識得

驚起棲鴻波心裡隱見游龍似憑虛御風（末云）漢子你看

江上芙蓉花都開了（生）最堪憐是秋江寂寞芙蓉　帶英雄氣

（古輪臺）（末）幸牢相同片帆江上掛秋風可堪驚眼風波裡南

飛鳥鵲遶樹無枝分明是擇木難容（生）俛首沉思轉添惆

悵自慚蹤跡久飄蓬（末）看你儀容俊雅笑談間氣展霓虹　具眼

多管是吹簫伍相刺船陳儒題橋司馬惜別太匆匆君今

去不知何處再相逢

英雄相遇各道肺腑自不藏頭露尾

（末云）漢子你姓甚名誰如今要往那里去（生云）小生姓

李名靖因獻策未遂流落多年如今將投楊越公去請

問漁翁姓名下次好相謝（末云）我那里是漁人我本姓

劉名文靜字肇仁世居京兆武功因父死難襲封官職

今見天子營仁壽宮人民苦役每每思亂故弃職避地

在此近聞太原州將子李世民英雄蓋世折節延攬我

不久就投他去你到越公處倘不得意也到太原來如

何（生云）謹領盛意就此分手

（尾聲）（生）風塵奔走徒虛哄頃刻勞君舟楫功（末）有日還乘　俠

破浪風　偏

（生）江畔逢君路不迷（末）即今相見却成悲

（合）何時一舉風波靜　江漢翻為雁鶩池

第三齣　秋閨談俠

好題目

一翦梅【旦扮紅拂占扮樂昌公主上】【旦】庭院涼生枕簟秋
月上妝樓風滿歌樓【占】梧桐葉落雨初收新恨眉頭舊事（畫）
心頭
更漏子【旦云】玉爐香紅蠟淚偏照畫堂秋思眉翠薄鬢
雲殘夜長衾枕寒【占云】梧桐樹三更雨不道離情苦一
葉葉一聲聲空堦滴到明【旦云】奴家姓張行一世居東
吳因避兵西來借住越府廊下不幸父親亾過就養育
在越公府內纔得長成便教歌舞插金披綺好不富貴
只是奴家情耽書史性好兵符每聞喚聲好不耐煩也（便不尋常）
【占云】奴家乃亾陳公主號曰樂昌自兵入建康與夫主

徐德言分別蒙今上將奴賜與越公逗遛在此不覺又（淡中滋）
一年也【旦云】姐姐你我終日選伎徵歌隨行逐隊如何（味的真同）
是好（調）
駐雲飛【旦】繡幄瓊樓選伎徵歌第一流扇底眉頻皺舞處（畫）
低紅袖休脉脉歎淹留年光拖逗空有煉石奇材誤落裙
釵後魂斷西風不自由心事縈牽別樣愁○（英雄）
前腔【占】雨散雲收漂泊渾如不繫舟愁殢新豐酒黛鎖隋（工）
堤柳休寄約幾時酧誰知消瘦天上人間別恨難禁受爭
怕芙容不耐秋一任珠簾不上鈎
【占】姐姐你手中拿那紅拂子却是爲何【旦】你聽我道來

儘婦人

〔駐馬聽〕玉笋金韝揮麈風前亂攪愁欲待拂除烟霧拭却
塵埃打滅蜉蝣春絲未許障紅樓簾櫳淨掃窺星斗〔背科〕
好 関 目
若問緣由誰能解得就中機彀
〔旦〕姐姐你常時懷那半面破鏡却是為何
〔前腔〕〔占〕鳳去秦樓一段相思半面羞只為青鸞罷舞金鵲
妙 妙
驚飛缺月含愁妝臺懶整玉搔頭水晶簾舊約空回首〔背
科〕若問緣由不知何日重諧佳偶
沒味
〔旦〕眞成薄命久尋思 〔占〕夢見君王覺後疑
〔合〕火照西園知夜飲 分明複道奉恩時

第四齣 天開良佐

〔末扮西岳大王上云〕善哉善哉人間私語天聞若雷暗
室虧心神目如電自家奉玉皇敕命鎮守西方配位四
嶽今日有一異人李靖到此不免曉諭他一番多少是
好小鬼判官何在〔丑淨扮鬼判上〕
〔西地錦〕〔生上〕歷盡長堤險渡自憐多少奔波殘陽古廟無
烟火空山惟有啼烏
一路行來再無人家只遇得這所古廟不免進去歇息
一回再作區處呀元來是西嶽大王之廟我想如今行
藏未决不免向大王面前拜囑一番討箇端的却不是
好〔作拜科〕靖聞大王肅爽凝威嵳峩擅德是以立像清

英雄　偉男子

廟作鎮金方退觀歷代哲王莫不順時禋祀興雲致雨天實肯從轉孽爲祥何不有賴李靖吐肝膽于堦下拜求一卦倘三問不對亦何神之有靈我便當斬大王頭焚其廟惟神裁之大王聽我道

〔玉芙蓉〕我堂堂一丈夫落落多艱阻十年來一身進退維谷失林飛鳥無投處涸轍窮魚轉困苦〔合〕時不遇向誰行控訴倘神靈有知須早啓迷途

你看如此世界呵

〔前腔〕奸雄方競逐社稷將傾覆待横行須臾電擊風馳掃除氛祲清寰宇斬剗鯨鯢萬姓蘇〔合〕時不遇向誰行控訴倘神靈有知須早啓迷途

〔下卦科〕大王我李靖若果有天子之分乞明賜一卦呀如何卦不好我既無天子之分終不然天生李靖何用只得再求一卦擇一賢主輔之立功何如

〔前腔〕天心倘有屬大寶應難據終不然坐看社稷丘墟待捧忠竭節從明主仗劍除殘早濟時〔合〕時不遇向誰行控訴倘神靈有知須早啓迷途

〔下卦科〕呀此卦却好了拜禱已畢不覺神思困倦且就廊下略睡片時多少是好〔作睡科神起說科〕李將軍你擡起頭來聽我道〔西江月〕南國休嗟流落西方自得奇

逢紅絲繫足有人同月府一時跨鳳去處須尋金丱奔
時莫易長弓一盤棊局識眞龍好把堯天日捧李將軍
天色漸明可起身罷
【前腔】（生）朦朧一夢裡恍聽神人語分明是說一箇去向端的大王多承你指點我呵不須買卜君平宅免使楊朱泣路岐時不遇向誰行控訴謝神靈應聲如響指長途
方纔朦朧睡着分明是大王可囑我一番言語中間。雖有難解處。且待將來。必有應驗。英雄。若是村措大定當細細猜度道如何金丱如何弓長矣

夢中言語記來眞　莫道無神却有神
須信行藏都是命　也知富貴不由人（下）
【末】李靖去了判官小鬼你與我一路護送他去
正是大底乾坤都一照　免教人在暗中行
第五齣　越府宵遊
【末扮院子上云】生年不滿百常懷千歲憂晝短苦夜長何不秉燭遊自家不是別人却是楊越公府中一个院子的便是若論我老爺果然是整頓乾坤手扶持日月功腰間三尺劒掌上萬人雄怎見得你看他志平吳楚功蓋華夷揮戈處赤日車廻煉石來青天缺補說他將令的嚴明使三軍股慄看他摧鋒的氣槩是一陣雷霆

白亦世塵

是丈夫

擊顧世與於晉陵破朱莫問於揚子因風縱火智慧袞膽連逃泯海薄營國慶弃州奔走既有恁大功勞可知許多受用偏裨有來護兒諸雄真道朝驅猛將書記有封德彝等輩果然夜接詞人花封綉戶貯嬌姿不數他鄴都銅雀劍擁玉人充舞隊多半是帝胄金枝吹銀笙鼓瑤瑟分明世外鈞天開錦帳啓璃筵疑是壺中福地盤龍玉絲脫汲禁約的梳妝寶馬鉄連錢有色認的打扮明霜畫戟候門死士千員嘶夜紫騮夾道垂楊幾樹我那老爺定是天上明明上將星遣來人世布威靈麒麟閣上應圖畫鳥鼠山前好勒銘早間蒙老爺分付鋪設筵席賞月天色漸晚收拾已完不免去禀覆老爺則個呀道猶未了老爺早到

【齊天樂】（外上）**掃清江漢功無上雙手拍開霄壤斧鉞威權珥貂尊貴番覺此身勞攘自知重望好坐撫人民卧守封疆警罷銅魚光分玉兎且徜徉**

金魚玉帶應三台將相還須蓋世才我本無心求富貴誰知富貴逼人來楊素身爲名將職任元戎討無不平戰無不克我常臨戰令一二百人赴敵陷陣不能陷而還者悉斬之又令二三百人復進還如向法士知進生退死所向無前及至論功雖微必錄故士雖畏我亦願

從我人知我成功之易不知我皆以賞罰中得士力也今天子幸江都加我司空之職即命留守西京日來兵政肅清衙門無事早上分付院子設宴花園中看月院子那有【末云】院子磕頭【外云】筵席可曾完備否【末云】稟老爺筵席完備多時了請老爺賞月【外云】既如此可喚女樂每出來承應【末云】女樂每走動

【生查子】【旦占齊上】睡起洗殘妝粉褪香腮上報道欲持觴一派笙歌響

【旦占拜科】【外】取酒過來

香柳娘【外】向明月舉觴向明月舉觴璇臺虛敞青天碧海

開秋爽【外指旦科】你把那新打的曲兒唱一個【旦】試新聲奏商試新聲奏商雜管更調簧珠喉轉嘹喨【合】看澄波夜光看澄波夜光獨照華堂偏宜清賞

【旦進酒科】

前腔【外】任嫦娥進觴任嫦娥進觴天香飄瀁桂枝疑在青雲上【指占科】你試舞一回【占舞唱】舞纖腰楚妝舞纖腰楚妝踏月展霓裳分輝動羅幌【合】看澄波夜光看澄波夜光獨照華堂偏宜清賞

【旦占云】風露寒冷老爺請自保重

前腔【外】任吹風墜霜任吹風墜霜我爲將十年呵身披掛

此求頗莊羞甚

孶

莽寒關夜渡渾無恙況秋宵正長況秋宵正長暫醉白雲鄉須教洗塵況（合）看澄波夜光看澄波夜光獨照華堂偏宜清賞

（外作醉科）（好關目）

前腔（占背唱）（意）見明月暗傷見明月暗傷舊遊虛爽誰懸明（有主）鏡青天上（旦）你不須斷腸你不須斷腸圓缺謾平章終須（有主張）脫塵網（外醉旦占扶唱）（合）看澄波夜光看澄波夜光獨照華堂偏宜清賞

（外云）我巳醉了收拾進去罷

（外）歌殘舞罷巳三更　可愛秋空氣轉清

（旦）須信露從今夜白　（占）偏憐月是故鄉明

第六齣　英豪羈旅

夜遊湖（生上）匹馬長途愁日暮時未遇自歎馳驅趙壁山中隋珠海底求售可憐無主。（悲語中亦帶壯色）

一雁西飛烟樹秋。關河搖落使人愁無人寄語司空道莫遣明珠（壯）惜暗投。自家涉遠到此欲投越公只得賃間房兒住下明日清晨徃候却不是好且喜正遇個客店不免問聲店主人那里（丑云）來了相留燕趙齊梁客借寓東西南北人是誰（生云）小生要賃房的（丑）要幾間（生）要兩間須是僻靜的纔好（丑）敢是官人要看書麼（生）不

可刪

是要候見越公（丑云）若官人往月宮裏去千萬帶了我去作成我看看桫欏樹與那搗藥的兎子（生云）不是是老司空（丑云）若尋老師公須在庵院寺觀裏去如何到我民家來（生云）我自要見楊司空老爺你也不須絮煩閑説只與我房見便了（丑云）此處來鍋竈也有可要做飯麼（生云）前面店中吃了你自方便（丑下）（生云）客館蕭條行踪未定教我如何睡得着

〔集賢賓〕寒燈欹枕聽夜雨堪憐彈鋏無魚懷刺候門誰是主抱奇才未遇明時況吟自許須有日風雲際會雖逆旅論囊底不愁貧斧 到底沒有酸氣

夜已深了不免去強睡一回

江鄉回首隔風烟　夜雨柴門思黯然
正是雁飛不到處　果然人被利名牽

越公壯易二女壯難

第七齣　張娘心許

〔似娘兒〕（外上）數載握兵權居重地士戢民安（旦拂劍科）爲公拂拭芙蓉劍（占）看氣奪霜威光欺星燦曾斬樓蘭 壯哉

〔外云〕戰袍猶帶血痕腥十載高懸海內名前隊貔貅衛曉色後車鶯燕雜春聲我自在此鎮守門客甚多近來貞覺懶于應接去者頗衆雖然如此倘有豪傑我自識 英雄 他正是跛足元堪笑重瞳我自明昨日送門簿來有個

秀才李靖求見我曾聞此人有文武全才今日若再來當接見他一番看他談論如何分付直門將官今日李秀才若來可與通報

菊花新〔生上〕朱門先達笑彈冠丞相無私斷掃門作客又經年賦無衣有誰憐念

酸

小生昨月候見司空門上將官辭以飲宴不得接見今日只得又來不知得相見否只怕又是飲宴正是但知北海客不問北溟魚早到司空府門首了將官勞一通報〔丑扮將官報進見生長揖云〕司空拜揖〔外作坐受科〕〔生〕天下方亂英雄競起公爲帝室重臣須以收羅豪傑爲心。不宜倨見賓客。〔外作起謝科〕老夫有罪了請問先生今天下紛紛定而復亂先生遠來何以教我〔生〕司空請坐待小生拜稟〔外〕先生請坐講〔旦目生科〕

關目好

難得

豚木兒〔生〕蒙尊命敢浪言論四海干戈未息肩只爲着土木疲民況邊庭黷武連年繁刑重歛誰不怨。山林嘯聚爭思亂爲今之計除是罷役休兵漸撫安。○

是真實有經濟者

前腔〔外〕逢佳士得讜言我當初佐文皇定天下呵河北江南已奠安自當年駕幸江都致中原萬姓騷然我此身重荷朝廷眷扶危定亂真吾願。還要細與賢良計萬全。

此人原不俗

〔生〕小生告退再當候見〔外〕倘先生有暇時常來一講論

那裏來這副急智　世上有這般女子我且為難　小齣豈小刪　此等卻不妨

老夫不得遠送了〔生〕外占下〔旦〕弔場云〔院子〕老爺着你問李秀才寓所何處〔內〕應云在西明巷口第一家便是〔旦〕知道了待我自復老爺去

〔簇御林〕看他言慷慨貌偉然信翩翩美少年私心願與諧姻眷只是無媒怎得通繾綣我有計在此了且俄延須教月下成就這良緣

此事本當與陳美人說知恐有漏泄不當穩更且到其間再作理會

乍見風前連理枝　須教燈下有佳期

一腔心事無人識　惟有清風明月知

第八齣李郎神馳

〔步步嬌〕〔生上〕朝來獻策候門去見座右嬌娥侍風流絕代姿卻訝秋波幾番偷覷眇眇獨愁予司空見慣渾閒事

方纔候見司空見一侍女手持紅拂頗有顧盼之意未知何故

〔江兒水〕天上碧桃樹日邊紅杏枝笑水中看月做風中絮無端一笑成何濟料目成心許也非容易把意馬心猿拴住打疊情踪收拾起迷魂春思

〔內作鵲噪介〕

〔川撥棹〕鵲聲沸更燈花何太喜看簾鉤雙挂蛛絲看簾鉤

雙挂蛛絲箏窮途有何信息且向孤幃枕漫支漸聞鷄起舞時

（尾聲）漁郎誤入仙源去回首桃花路已迷再莫向風前有所思

本謁候門冀托名　紅顏顧眄笑顏生

東邊日出西邊雨　道是無情却有情

有此一齣關目極好若是删去更爲奇特盖此時紅拂有心而李郎何自得知出于不意方大奇

第九齣

（喜遷鶯）（外扮虬髯客淨扮道士上）殘霞斂岫正舉目江山滿天星斗（淨）日出分行晚歸相守事機各在心頭（合）風斷數聲殘漏雁排一帶深秋登高處占星望氣半晌凝眸

奇

人

（外云）茫茫宇宙落落堪輿（淨云）共探驪龍誰得其珠（外云）自家姓張名仲堅生長東魯以殺人避仇卜居西京我素有大志見天下將亂嘗廣蓄貲財規造繻券或龍戰二三十載意欲建少功業又喜得我道兄徐洪客海上遠來相從似石投水言無不合眼見得這事有幾分也（淨云）張兄夜色漸清你我正好望氣了且喜此間有個高岡與你同上一望却不是好（外云）道兄同請（淨云）張兄你看那妖星犯牛女紫微垣失光天下事可知矣

有心人

天下自有這班人怎地

（回望介）呀好怪好怪你看參井之分紫氣騰躍太原乃參井分野恐其中必有異人張兄你見否（外云）我豈不見

【瑣南枝】（外）看那重雲護瑞氣浮分明五城十二樓咳道兄我生事在吳鈎機關已成就倘有勍敵起做項與劉這紛爭怕粘手○　高

【前腔】（淨）徘徊望展轉愁眼前是非方未休張兄你看江都分野已見隋家不濟事了他王氣黯然收縱橫未分剖倘眞人起正可憂與他做頭敵恐掣肘

張兄這也不難我只待天明先往太原去你可回家備些口粮隨後便來約定在汾陽橋相候到得那里少住十日半月好歹便知端的（外）如此甚好道兄請先行我隨後即便來也○　絕無等待真是豪傑舉事極快人意

（淨）休論王相與孤虛　世亂誰當任掃除

（外）渾濁不分鰱共鯉　水清方見兩般魚○　俗

第十齣　俠女私奔　奇

（旦）紫衣紗帽上自憐聰慧早知音曾見英豪意已深俠氣自能通劍術春情非是動琴心奴家自從見那秀才之後不覺神魂飛動我想起來塵埋在此分明是燕山劍老滄海珠沉怎得個出頭日子若得絲蘿附喬木日

後夫榮妻貴也不枉了我這雙識英雄的俊眼兒。如今夜闌人靜。打扮做打差官負的粧束。私奔他去。早已被我賺出這門來也呵（介）

【北二犯江兒水】重門朱戶恰離了重門朱戶深閨空自鎖正瓊樓罷舞綺席停歌改新妝尋鴛侶西日不揮戈三星又啓途鸞馭偷過鵲駕臨河握兵符怕誰行來問取魏姬竊符分明是魏姬竊符雞鳴潛度討的個雞鳴潛度聽更籌戍樓中漏下玉壺

（衆扮更夫上擋路科）此是何人這般時候往那里去（不必說破）

【前腔】（旦）公門將佐我是個公門將佐休猜做亾國虜正懷揣着令旨手執銅符戴烏紗衣挂紫（衆）如今老爺睡也未寄語主更夫何須竟夜呼老爺呵自有絃上醍醐燈下氍毹這時節向陽臺行雲雨（俗）

（衆）如此說大人自去我們就睡也不妨了正是各人自掃門前雪莫管他家瓦上霜（衆下）（旦）你看這一夥人被我兩三句話都哄過了○（有才有識有胆）女中丈夫不枉了女中丈夫人中龍虎正好配人中龍虎（賣弄）說話間不覺的喜孜孜來到艸廬

乘着這月色又到了西明巷了此是第一家不免敲門則個（作敲門科）開門開門○（的是偷漢子老手）

則個（作敲門科）開門開門○手先的是偷漢

乘著這月色又到了西明巷了此是第一家不免敲門

說話間不覺的喜孜孜來到書廬

女中丈夫不枉了女中丈夫人中龍虎正好配人中龍虎

我兩三句話都與過了○有識有大有膽

（衆）知此說大人自去我們說過也不妨了正是各人自

掃門前雪莫管他家瓦上霜（衆）（下）（旦）你看這一般人夜

[illegible]這時節向陽臺行雲雨

告語主更夫何須竟夜呼先爺阿自有從上[illegible]

揣着今古手拈銅牌藏烏紗木柱（科）（末）知今先爺無也未

（前腔）（旦）公門將作我是個公門將作休猜做[illegible]正[illegible]

（生）扮更夫上牆跳（科）此是何人這般無禮[illegible]去

[illegible]文[illegible]中滿十王[illegible]

[illegible]分明是[illegible]

又路途[illegible]偷過[illegible]

正[illegible]步[illegible]西日不[illegible]天三星

（北二犯江兒水）重門朱戶恰離了重門朱戶深閨空自鎖

我賺出這門來也呵

夜闌人靜。行[illegible]東。[illegible]早已被

後夫榮妻貴也不枉了我這雙識英雄的俊眼兒○知今

即此一事便是圖王定伯手段豈可以淫奔目之

【懶畫眉】（生）夜深誰個扣柴扉只得顛倒衣裳試覷渠（開門看科）呀元來是紫衣年少俊龐兒戴星何事匆匆至莫不是月下初回擲果車○　光景好

【前腔】（旦）郎君何事太驚疑（妙）（脫衣帽科）（好眼目）那里是紗帽籠頭着紫衣（生云）呀元來是个女子（旦出紅拂科）我本是華堂執拂女孩兒（生云）你緣何到此（痴）（旦）憐君狀貌多奇異願托終身效唱隨○　奇○這是千古來第一个嫁法

【前腔】（生）驟然驚見喜難持（真）百歲良緣頃刻時（俏）侯門如海障重圍（封）君家閨閣非容易（張）怎出得羊腸免教駟馬追○　若是淺夫

只圖苟合那得一時便計及此

【前腔】（旦）楊公自是莽男兒（具眼）怎會紅粉叢中拔異姿奴今逸出未忤追我與你呵正好從容定計他州去○一笑風前別故知

（生）我有個故人劉文靜乃是智謀之士見今在太原我明日與你扮做村中進香的夫婦同往太原投他再作區處正是

籠裡籠前整羽衣　誰知相見即相隨

今宵久旱逢甘雨　來日他鄉遇故知

第十一齣　隱賢依附

【杏花天】（末上）山深木落猿啼走天涯雲隨馬飛識不破終

童棄繻擺不開殷郎枯樹雖挍定遠筆未坐將軍樹早知行路難悔不埋章句我劉文靜千山萬水到得太原要投李公子此間正是他私宅門首不免喚聲有人麼（丑應上）是誰（末）是要見李公子的（丑）待我通報

生查子（小生上）乘醉斬蛇回劒吐虹霓氣何日掃秦灰夢想風雲會。○偉

（丑禀科）（小生）道有請相見拜科（末）久慕英名每勞夢寐喜瞻奇表誠慰下情（小生）情篤神交禮隆傾盖義合倒屣罪切擾林先生請坐先生上姓何來（末）小生劉文靜從江南來特謁公子（小生）久慕大名幸得遠顧必有教我（末）文靜知公子將有事于天下待攀龍附鳳垂名竹帛耳（小生顧丑回避）先生渡江以來延攬必多如先生者果有幾人（末）小生不足數渡江以來只得一人名曰李靖真奇才也（小生）他人品如何願聞其槩

姓也不知神交怎的

聖主

此人亦奇

剔銀燈（末）他命世姿非凡志氣王佐畧出人頭地扁舟江上同時濟兩情歡如魚得水（小生）他如今往那里去了（末）如今尚無枝可棲往西京未知怎的

惟英雄識英雄

聖主

前腔（小生）我求賢嘗勞夢寐況氷鑑如君無比果然覓得英雄輩共圖王掃清何慮如今尚無枝可棲往西京未知

雄也不知神交怎的

童棄繻擁不問殷所栝樹
雖投定遠筆未坐終軍樹早知行路難悔不理章句我
劉文靜千山萬水到得太原要投李公子此間正是他
私宅門首不免喚聲有人麼(丑應上)是誰(末)是要見李
公子的(丑)待我通報
(生查子)(小生上)乘醉軒號同○飲吐虹霓氣何日掃秦氛○夢
想風雲會○
(丑稟科)(小生)道有請(末相見拜科)(末)久慕英名無緣得見
喜識荊未識慰下情(小生)渴慕神交禮隆傾蓋合何
屈罪切懷林先生請坐(生)先生何來(末)小生劉文靜

惟英雄識英雄

從江南來特謁公子(小生)久慕大名幸得識顏必有教
我(末)文靜知公子將有事于天下特攀龍附鳳垂名竹
帛(小生)顧丑回避先生渡江以來延攬必多知先生
眷果有幾人(末)小生不足數渡江以來只得一人名曰
李靖真奇才也(小生)他人品如何願聞其槩
(駐馬聽)(末)他命世姿非凡志氣王佐器出人頭地高身江
上同時濟兩清蕩如魚得水(小生)他知今往那里去了(末)
知今尚無枝可棲往西京未知怎的
(前腔)(小生)我未貲嘗學萬人敵況冰鑑知君無比果然覓得
英雄輩共圖王霸清河何處知今尚無枝可棲往西京未知

怎的

（小生）呀生不須回下處去了就在此住罷　真憐才

（末）不識陽關路　新從定遠侯

（小）何須負門阻　氣味已相投

總批　只片時間渡便逢人說項如此此此君賞鑑不在紅拂之下今有知之最深忌之最刻者視劉文靜當作何等面孔相向此孔夫子所稱穿窬之盜者與所稱竊位者與

第十二齣　同調相憐

【一江風】（生旦上）路迢迢霜徑迷荒草險似王陽道近前村

曙色將開又聽金鷄報盤山渡板橋盤山渡板橋宵征不憚勞（旦云）官人我和你行了這一程恰好前面是店家正好梳洗了穿林早是人家到

（生）此是靈右地方了店主人有麼（丑應上）門面多瀟酒舖陳色色新廣招天下客安歇四方人是誰（生）我們夫妻是還香愿的來此買早飯吃可先與我些湯水（丑）有有請坐着（丑下）（生）你自梳頭待我去喂馬來（生下）

【前腔】（旦作梳頭科）髻雲撩一半塵埋了膏沐香猶繞歛脩蛾不倩郎描不貼花鈿小不將脂粉調不將脂粉調村妝別樣嬌還怕光輝易惹人猜料

弄　不　影　的　說　貳

若是秀才家數决不實說由來定有許多掩蓋

英雄邂逅自饒臭味

李靖虬髯客不相聞姓名更妙

氣象便不同

哭相思【外扮虬髯上】走馬鬭鷄拋鳳好衝風策蹇咸陽道店主人與我看了驢兒待我息歇一回起來吃飯【內應科】【外作看旦科】

一江風那多嬌窣地香雲繞一室容光耀【生上怒科】（又吃醋了）【旦作搓手科】（只眼）向前見外云官人萬福官人上姓【外】我姓張【旦】（奇妙奇一个了）妾也姓張合是兄妹（只眼）【外背科】意優閒禮度從容似得閨中教何緣到草芽何緣到草芽【外云】你丈夫在何處【旦】此間就是【外】試語良人道（不必知道）【旦】招生相見科【外】足下上姓【生】小生姓李名靖【外】（都必脚口）原來是李藥師【生】足下上姓【外】我姓張名仲堅【生】莫非是虬髯公否【外】正是【合】相逢何必曾

好【外】煮的是甚麽肉【生】是羊肉【外】我已飢了可取些酒與胡餅來吃（妙人自有英雄色相亦識李靖）

梁州序【生取酒送科】衝風度夜披星乘曉取酒烹羔自勞何期相遇片言契結同袍【外指旦云】李郎貧士何以致此異人【生】我自向驪龍頷下猛虎穴中透得個機關巧【外】看他也不似個村庄里人【生】他在侯門花月隊鬬手標金屋曾經貯阿嬌【外問旦科】你緣何隨了李郎【旦】（不瞞是个豪傑）相盼處憐同調鵲橋偷度偕歡好今避地肯辭勞【外】你既不相瞞可對我說果是誰家女子【旦】妾本楊越

徒○人○知○韓○此○得○昔

來○嫌○人○了○他○家○是○起○韓○信○

妙○得○十○了○害○年○人○力○

有○酒○十○日○人○知○與○也○此○何○否○負○心○何○即○狗○不○

公家僕見因見李郎眉宇不凡願托終身故不以自薦爲醜乘夜私奔【生】小生從江南到此不想遇這有緣千里能相會也○

【前腔】【外指生】看你瀟灑落【指旦科】儀容綽約宛自合雙飛雙宿儷緣分定相逢千里非遙多感你好逑君子擇婿佳人一見相傾倒我看你每呵好似秦樓乘鳳去弄玉簫那銅雀春能鎖二喬【合】相將處處攜同調鶯鶯偷倚作歡好今遊地宮鑾簫

【外】我也有些下酒之物取出來下酒如何【生】甚好甚好

【外】取出頭并心肝科【旦】此是何人乘兒爲何斬取其首

【前腔】【外】這是負心人行短大奇轉眼處把人嘲諷更闌翻十古是爲此波濤果是腹中懷詭笑裏藏刀對面情難料十年今始得首相攜斷首刎心絶境梟【合】相邂逅攜同調聊當下酒供談笑大君莫惜醉村醪○

【前腔】【生】羨君家氣概雄豪少年場知君絶少更報讎雪恥義比山高【旦】分明是置鉛擊筑魚腸藏刃狙擊沙中巧【生】太山輕一擲等鴻毛顧諾今生刎頸交【合】相邂逅攜同調卿當下酒供談笑大君莫惜醉村醪○

【外】李郎你今投那里去【生】將投太原去【外】我聞望氣者道太原有奇氣你可曉得此處有異人否【生】我只聞有

文字到此自在極矣妙妙

一人乃州將子李世民其他皆將帥材耳張兄爲何垂
問及此
節節高〔外〕風塵暗四郊奮英豪斬蛇逐鹿誰能料且是那
太原呵祥光繞紫氣昭分星耀個中定有連城寶青雲
有路怕人先到〔合〕多管塵埃有眞人須教物色知分曉
前腔〔生〕我聞得那李公子呵侯門一俊髦挺英標龍韜豹
畧曾探討年方少氣正豪心猶小招賢下士人爭道芳名
那更流傳早〔合〕多管塵埃有眞人須教物色知分曉
〔外〕李郎何以使我見他一面〔生〕我有一友劉文靜與他
交厚明日到太原便可尋他引見〔外〕旣如此李郎可在

汾陽橋等我。是个直截爽利男子
尾聲〔旦〕奇踪秘跡人難料〔生〕草草相逢訂久要〔外〕明日汾
陽會不遥
客舍相逢意氣深　來朝重會定佳音
但願到時還得見　須知勝似岳陽金

第十三齣　訪眞人

雙勸酒〔淨〕飄飄此身燕齊秦晉角巾布紳資粮無甚龍爭
虎鬬正紛紛是誰能早定乾坤（曲好）
自家徐洪客的便是雲水到西京得遇張兄與他周旋
情投意合所謀之事十就七八不想近日太原王氣太

〔叙事逼真〕

盛此中倘有眞主起手我那張兄豈不可憂他與我相〔英雄〕
約到此尋訪我已先到爲何還不見他來

（西地錦）（外）風色彫殘綠鬢絲鞭翻惹緇塵汾陽橋畔朝煙冷誰當圯下期人

呀道兄早已到此了（淨）相候已久路上來可曾得甚消息否〔英雄〕

（風入松）（外）昨朝靈右暫棲身向酒家瞥見佳人（淨）他是何處來的（外）他是侯門侍女私投奔（淨）既如此你說他怎的（外）能鑑別追隨豪俊（淨）婦人家尚識豪俊你難道到不識他（外）其時被我看他梳頭要識他丈夫誰想到被他看破即時與我結爲兄妹就令他丈夫與我相見（對）酒間與他盤桓數巡傾蓋處便情親〔道學〕〔英雄〕

（淨）他丈夫姓甚名誰何等樣人（外）他丈夫是李靖（淨）我亦聞得此人不知果是如何〔仔細〕

（前腔）（外）雙眸炯炯貫星辰更談兵說劍如神（淨）自古道好漢識好漢你既見他如此可曾問起太原的消息麼（外）他也道太原年少眞英俊已約定同來詢問我和你正要認李公子恰好他的故人劉文靜在李公子處只等他來去尋劉文靜一面就見李公子却不是好待他來同尋故人須一見好辨虛眞〔英雄〕

此○齣○似○必○得○实○少○不○得○點○綴○得○吟○絕○妙○絕

【前腔】〔生旦上〕朝來霜色太侵人，早連鑣來到河濱。呀，張兄早已在此了。〔外〕路上辛苦。〔生旦〕驅馳道路何須問。〔生〕此間師父是何人？〔外〕是我的至友，即向日所言望氣者便是。〔生〕他形奇古，非同凡品。如今好同去尋劉兄，只是賤累在此無處可依。〔外〕我已借下寡婦人家，我同李郎送一妹到他家暫住何如。〔旦〕既有下處，行李奴家自當照管。張兄師父自與我官人前去便了。〔生〕如此甚好。我如今同尋故人，待一見好辨虛眞。

（停當使得）

滿目悲生事，因人作遠遊。
西征問消息，心折此淹留。

第十四齣 樂昌懷伴

【霜天曉角】〔占扮樂昌上〕小窗知曉，幽夢縈懷抱。天外音書難報，鏡中眉黛誰描。

【點絳唇】高柳蟬嘶，採菱歌斷秋風起。輕雲如髻，雲外山橫翠。○簾捲西樓，過雨涼生袂。天如水，畫闌十二，少箇人同倚。奴家自陳亾後，沒入在此，喜得張美人為伴，清談間要少遣悶懷，不想他近日看上那李郎，鈎自私奔去了。女伴中只我與他最厚，如何此去竟不通我知道。（怪他不得）如今獨坐無聊，好悶人也呵。

【綿搭絮】暗憐花貌，孤枕度良宵。曉起尋歡，女伴潛踪轉寂

寥憶花朝拾翠相邀何事戀着年少一旦輕抛想是難挨

倒戀着你不成

春心不耐冰絃月下挑

自家想

【前腔】釵行分散獨坐更無聊似我鳳去臺空枉自傷心折大刀想鸞交音問寥寥只合藍橋水斷祆廟延燒怎比得奔月姮娥悵望天香雲外飃

我知道了若還他此去老爺差人追尋自是由他若不追尋便知老爺不是輕賢重色之人我的心事就好對他實說了正是

好關目

去住寧無意　淹留強自親

要知山下路　且看過來人

都是奇人

第十五齣　棋决雌雄

【高陽臺引】（生上）遍地干戈極天烽火正群雄競起時節（外）事有關心終宵魂夢顛越（淨）無端滿眼狐疑事漫勞人搔首難决（合）向他行雌雄一見片時分別

【減字木蘭花】（生）連年奔走咸陽雲樹空回首（外）滿目風波爭奈龍蛇未判何（淨）成吳覇越笑談自有壺中訣（合）梁甫長吟應是觀濤難稱心訛話中間不覺又到李衙門首想劉兄在此不免尋問則個（作問科）（丑上應科）是誰（生）我是劉先生故人李靖特來尋訪（丑報科）下

【筭子】（小生）棋局正闌時門外停車轍（末）聞道相尋有故

聊試之耳非以佩言爲是也腐

都是有心人

痴人定以爲輸棋

人倒屣歡迎接

（作相見科）（生）云劉兄別來無恙（末）李兄托庇粗安此二位何人（生）此道兄善相故特與俱來尋兄就謁見公子（淨）適聞公子與劉兄在此何幹（末）在此奕棋（淨）豈不聞陶侃有言諸君國器何以此爲（末）奕雖小伎其義頗大故支公以爲手談王生謂之坐隱班固造奕旨之論馬融有圍棋之賦費禕笑談而退魏敵謝安賭墅而破秦軍先生不弃就與公子少試國手如何（淨）這也願請教只怕公子見笑（小生）取棋過來（丑）持棋上閒庭一任三時去長日惟消一局棋棋在此（淨）小生下棋科 竟喚取棋來便布帝王氣象

【高陽臺】（小生）黑白分行縱橫異道須教四裔圍合先着誰知個中另有神訣（淨）機設運奇點眼爭國手看指尖誰强誰怯奮玄籌乘虛競勢細求約截

【前腔】（末）征着彎掌南麾馳情北壘分明霧捲星列雲起龍翻須臾勢貌分別（淨作大叫科）這局全輸了（起背唱科）支髮茂弘局上劫更急下場頭向誰分說爲東君熱心一片化爲冰雪

【前腔】（外）摧折侵地無方攻城計屈邅回轉覺難發功墮垂成怎能勾衝擊唐突（生）休說應危尋變無救路古人有言

當斷不斷還爲所謀恐孤疑反爲擒滅莫勞神漫營邊
鄙再求角活
局上已見輸贏我每且告退不日再來求見〔小生〕三君
何所聞而來何所見而去〔淨〕聞所聞而來見所見而去
〔小生〕眼前一局决雄雌〔末〕世事紛紛似奕棋
〔生〕雪隱鷺鷥飛始見〔外〕柳藏鸚鵡語方知

第十六齣　俊傑知時

出隊子〔淨上〕瞥然一見鳳表龍姿自出群雌雄勝負隱然
分十載經營枉用心大抵功名是天定勝人　具眼真識英雄

二人是真正識

前腔〔外〕魂揺心死一曲殘棋了半生空餘長劒氣凌雲尺

時務之俊傑

蠖神龍有屈伸從此休誇謀事在人
前腔〔生上〕相逢如故魚水相投契自深蒼天不負濟時身我　早
與張君同尋劉兄想金卯弓長之夢應在今日了夢裡

少閑旦

分明有鬼神有日從龍順天應人　此意只好放在肚裡不須說出〔外〕方纔
別了李公子不覺又到下處門首了不免喚一妹開門
前腔〔旦上〕孤棲相守寂寂雲林閉遠村　象光景〔生〕開門開門〔旦〕喚　大妙
聲知是阮郎歸欲問榮枯待入門　聰明〔外淨嘆科〕〔旦〕覷看容顏
便知淺深〔相見科〕〔旦〕此去所見如何
紅衫兒〔生〕他不衮不履自是非常品滿座風生那更神清

這婦人也使得

朗果然是異人〔旦〕既如此你們何不就連袂相從和他艸

只是到底是婦人見識

就分別處都是英雄面孔

異人

萊中締盟待風雲同濟昌時不使青萍負您又把私奔手段教他三個了

前腔【外】眼前顛倒渾難定（英雄）愁憤交并黍熟勞薪水分明爲

那人【淨】誰知做駕海成橋枉勞工費心我如今向（高人）世外逃

名有甚爭謀競勇

（話）【生】呀道兄差矣豈不聞見物不取失之千里既遇明主（只說得李靖的）

何必遠去【淨】我本道家偶然到此今所志不就豈能學（高）

范增王猛坐視無成況瓊臺瑤島尚未荒蕪李郎勉就

功業我就此別去也【外】既如此李郎與一妹先回一到

京中可往武陵坊曲尋板門小宅須教我渾家與一妹

相見萬勿見却我送道兄一程即歸奉候【生旦】我每就

此拜別（作拜科）

【生】君今東去我西征【旦】客裡囊空乏餞行（就富了）

【淨】正是將軍不下馬【外】果然各自奔前程【生旦下】

【外】道兄你如今別我往那里去【淨】事到其間不得不說

了我一向與你相從指望共成大業我自向海中尋個

退步誰想連你的事也不成了如今只得把我的退步

讓與你做個進步罷【外】道兄你果是有心人只不知你（不俠）

所說是何處【淨】海中有一國名曰扶餘其主昏亂民心

久離我一向留意在此故其山川土俗訪問頗悉我別

你後先投那邊去覓得個機會倘或你來好做內應你

高人

真丈夫

若肯下氣從那李公子也自由你（也）（是）【外】我與你相從幾年

你豈不識我大丈夫寧爲鷄口毋爲牛後你先到那海（是）

上我隨後便來也乘機取便到那里再作理會【淨】張兄

若如此雖無大成亦有小就

【醉太平】【外】追省勞形弊跡歎蠶絲燕壘多少經營似求仙

煉藥空教人指望丹成難平不如子晉學吹笙九天遥已

知捷徑低頭自忖一腔豪氣塞滿乾坤（壯哉）

【前腔】【淨】閒評人謀天命看茫茫宇宙得失難憑尋谿問徑

那知道進退無成須聽桃源還自有通津向漁郎好去尋

問【外作墮淚科】（自然要哭）【淨】漫縈方寸無端故作楚囚悲憤

到此不哭如何過得

張兄請回罷【外】作如此遠別豈忍分手必須再送一程

（不作別光景自遠）

【淨】十載心期一黯然　那堪悽慘別江潭

【外】不如意事常八九　可與人言無二三

第十七齣　物色陳姻

【番卜算】【外】堤上柳含春庭際花明夜嬌鶯飛去向誰家無

奈輕抛捨（在李家）

春心忽憶章臺柳舊日青青今在否縱使長條依舊垂

也應扳折他人手自從李靖來見我後我那張美人無

故而去我想此女識見不凡（具眼）志氣頗遠多是看上他才

不怒紅拂去而惜李靖去如今那得如此偉人

是極停

調私奔他去了我要追他亦有何難只是人道我輕賢
重色不近人情故此放他去了我早知如此悔不把這（真共英雄）
妮子贈與李靖也得他些些氣力如今連李靖也去了豈
不可惜今日閒居無事不免喚陳美人出來試問他亾（不通）
陳故事多少是好女使每與我喚陳美人出來〇（白好）
西地錦【占】舞鏡鸞衾翠減啼珠鳳蠟紅斜重門不鎖相思
夢隨人飛繞天涯〇（曲好）
老爺喚出奴家有何使令【外】今日閒居無事你試把兵（大）
入石頭的事細說一番與我聽着（急少委婉些些）

獅子序【占】聽說罷淚似麻望江南天各一涯自兵連禍結（具）
社稷丘墟【外】你哥哥爲何就至敗亡【占】若提起亾家國緣（象）
故祇教人羞結綺痛臨春嗟望仙心傷桃渡斷腸聲隔江
惟聽玉樹商歌〇（曲好最似女子口吻）
【外】你當初夫妻完聚的風景可想得起麽〇（好）
東甌令【占】我巢金屋他住錦窠只道地久天長無坎坷爭
言天塹難飛渡全憑地險關逾固那些些個山似洛陽多平
地起風波
【外】你如今還想丈夫也不想【占】若他人問奴家尚好掩（痴）
飾老爺問時豈敢隱瞞〇（妙）
賞宮花【占】你跟前怎假我如何不念他痛惜分連理應自

（停當停當　妙人妙人）（酸鼠）（難得難得　丈夫丈夫）

歎蒹葭一入侯門深似海至今顧影愧菱花（還欠娟些）

（外）我常時見你懷着半面破鏡我也不曾問你如今你（聰明）自言自語又說個顧影愧菱花莫不這個破鏡是你丈夫與你的（占）奴家有事在心一向畏懼老爺不敢明言（妙）近來每見老爺義士之度仁人之心我這一腔春恨就對老爺說想也不妨（妙）（外）你實對我說不要疑心

降黃龍（占）堪嗟自那日波查奴別蒼茫可憐割捨那時以分鏡爲記指望債緣未斷尚有相見之日因此上包羞忍耻任漁陽撾鼓三撾（外）如今你丈夫在那里（占）兵亂之後奴家一身尚不能顧豈知他的存亡（外）你既不知他

存亡又想他怎麼（癡語）（有意）（占）休訝沒奈何消遣料他每萍歸大海難摸（外）你還指望那鏡兒重合麼（思）（占）奴聞破鏡難重照（妙）落花不上枝那些個破鏡重圓落花再發（外）你既知道完聚不成何不把那破鏡撇下了罷也（妙）

大聖樂（占）想當時鳳協鸞和不料如今成話靶縱不能捹死成名也怎忍教便拋捨（外）你如今莫不然着我麼（心一發動了）（占）須知道紅顏自古多薄命只落得莫怨東風當自嗟（占）哭科（妙）重提猛省怎禁那梧桐夜雨和淚珠灑洒（不說出妙絕）

（外）你既不忘丈夫也是你的好處你只把當初相約事情細說與我我好差人尋他來與你相會一面（占）多感

今人寍可死後讓他嫁人耳安得如素者哉

大慈大悲

威嚴之下誰敢多言

老爺只怕無此理（外）我一言既出豈肯改易你但實說　好　真豪傑

（占）奴家當初與他相約國亡之後必沒入侯門即使人將此破鏡在街坊市賣他便好來相尋奴家一向奉老爺法度不敢私賣此鏡今日老爺問起不得不說了（外）既如此可將鏡與我你自進去我有理會

（占）整日悲籠鳥　終宵歎檻猿

（外）要知心腹事　但聽口中言（占下）

（外）院子何在可與我喚個能幹的老蒼頭出來（院子上）喚（科）（丑上）堂上聞呼喚階前聽使令稟老爺有何分付

（外）你與我將這半面破鏡在街上去賣若有買的人你須問他討那半面來配若湊得着時你便好好與他同來你說到府中　自有好處又不要放了他又不要驚了他（丑）這破鏡有誰要他若將去做變易只怕這買賣景不照（外）這斷那晓得你只去買自有緣故（丑）如此小人就去

刪去　更好　不光

（外）世間寶鏡辨雄雌（丑）就去尋踪不敢遲

（合）莫道斷絃無續處　須教缺月有圓時

李卓吾先生批評紅拂記卷之上終